COLLECTION

de

M. J. Carayon-Talpayrac

Mᵉ G. DUCHESNE
Commissaire-Priseur
6, rue de Hanovre, 6

M. Henri HARO
Peintre-Expert
14, rue Visconti et rue Bonaparte, 20

1893

Vente après Décès

CATALOGUE

des

TABLEAUX

Anciens et modernes

PROVENANT DE LA

Collection de M. J. CARAYON-TALPAYRAC

ET AUTRES

TABLEAUX ANCIENS

dont la vente aura lieu

HOTEL DROUOT, SALLE Nº 6

Le **Lundi 27 Mars 1893**, à deux heures

EXPOSITIONS :

PARTICULIÈRE	PUBLIQUE
le Samedi 25 Mars 1893	le Dimanche 26 Mars 1893

de 1 h. 1/2 à 5 h. 1/2

Mᵉ G. DUCHESNE	M. Henri HARO
Commissaire-Priseur	Peintre-Expert
6, rue de Hanovre, 6	14, rue Visconti et rue Bonaparte, 20

1893

CE CATALOGUE SE DISTRIBUE

à Paris, chez

<table>
<tr><td>Me G. DUCHESNE
COMMISSAIRE-PRISEUR
6, rue de Hanovre, 6</td><td>M. Henri HARO
PEINTRE-EXPERT
14, rue Visconti et rue Bonaparte, 20</td></tr>
</table>

Conditions de la vente.

Elle sera faite au comptant.

Les acquéreurs payeront *cinq pour cent* en plus du prix d'adjudication.

TABLEAUX

ALLORI

(École de)

1 — Judith et Holopherne.

La figure de Judith est très probablement un portrait.

T. — H., 1ᵐ,16. L., 0ᵐ,95.

BARON

2 — La Lecture dans le parc.

Signé à droite.

Collection Jules Carayon-Talpayrac.

T. — H., 0ᵐ,21. L., 0ᵐ,15.

BERGHEM

3 — Le Repos.

Sur un tertre on aperçoit deux vaches qui pâturent : des moutons se reposent et le berger assis surveille le troupeau. L'horizon est bordé à gauche par des montagnes. Signé à droite.

Collection Jules Carayon-Talpayrac.

B. — H., 0ᵐ,32. L., 0ᵐ,26.

BOUCHER

(Attribué à)

4 — A la fontaine.

Pastel.

BRAUWER (Adrien)

5 — Intérieur de cabaret.

Un paysan, debout, se chauffe en tournant le dos à la cheminée ; il regarde d'un air moqueur un jeune homme assis sur un banc, qui d'une main porte un verre à ses lèvres et, de l'autre, en tient un autre déjà vide.

Deux personnages sont près du feu ; un autre, à droite, s'est retiré à l'écart.

Collection de Boissière.

B. — H., 0ᵐ,34. L., 0ᵐ,26.

BREKELENKAMP (Quiryn Van)

(Attribué à)

6 — Le Duo.

Collection Jules Carayon-Talpayrac.

B. — H., 0^m,30. L., 0^m,25.

BREYDEL (Le Chevalier)

7 — Le Combat.

Collection Jules Carayon-Talpayrac.

T. — H., 0^m,27. L., 0^m,38.

BRUANDET

8 — Le Ruisseau dans la forêt.

Collection Jules Carayon-Talpayrac.

T. — H., 0^m,65. L., 0^m,81.

CHALLE

9 — La Toilette.

Collection Jules Carayon-Talpayrac.

B. — H., 0^m,12. L., 0^m,18.

CHAVET (Victor)

10 — La Toilette.

Signé en bas et daté 1848.

Collection Jules Carayon-Talpayrac.

B. — H., 0^m,32. L., 0^m,24.

11 — La Jeune Musicienne.

Signé à gauche et daté 1846.

Collection Jules Carayon-Talpayrac.

T. — H., 0^m,25. L., 0^m,19.

COQUES (Gonzalès)

12 — Portraits d'un riche Armateur et de sa famille.

Sous le péristyle d'un palais, on voit l'armateur assis auprès d'une table couverte de livres, mappemonde, accessoires divers, et tenant à la main une plume. Sa femme, vêtue d'un riche costume, est près de lui. Sur la droite, leur petite fille donne à manger à un mouton, tandis qu'un jeune garçon remplit un verre à une fontaine. Par la baie ouverte derrière eux, on aperçoit la campagne.

Signé à droite sur le rebord de la fontaine.

Collection Jules Carayon-Talpayrac.

T. — H., 0^m,65. L., 0^m,80.

COQUES (Gonzalès)

850ᶠ. 13 — Famille hollandaise.

Vêtus de riches costumes, le mari et la femme sortent de leur palais pour se rendre dans les jardins ; un jeune garçon détache un grand lévrier.

Signé à droite.
Collection Jules Carayon-Talpayrac.

T. — H., 0ᵐ,70. L., 0ᵐ,88.

CRAYER (Gaspard de)

14 — Martyre de saint Roch.

Collection Jules Carayon-Talpayrac.

T. — H., 0ᵐ,85. L., 0ᵐ,60.

CUYP (A.)

(École de)

185ᶠ. 15 — La Bergère endormie.

Collection Jules Carayon-Talpayrac.

B. — H., 0ᵐ,45. L., 0ᵐ,60.

DELACROIX (Eugène)

16 — Les Sorcières de Macbeth.

Collection Jules Carayon-Talpayrac.

T. — H., 0^m,27. L., 0^m,35.

DIETRICH

17 — Nymphes et Bergères.

Collection Jules Carayon-Talpayrac.

T. — H., 0^m,53. L., 0^m,72.

DUCQ (Jean Le)

(Attribué à)

18 — Dames et Cavaliers.

Collection Jules Carayon-Talpayrac.

B. — H., 0^m,50. L., C^m,66.

FALENS (Van)

19 — Le Retour de la chasse.

B. — H., 0^m,24. L., 0^m,34.

FALENS (Van)

20 — Le Jeu de bague.

> B. — H., 0^m,24. L., 0^m,34.

FAUVELET

21 — Le Violoncelle.

Signé à gauche et daté 1846.

Collection Jules Carayon-Talpayrac.

> B. — H., 0^m,27. L., 0^m,21.

GÉRARD

22 — La Leçon de dessin.

Signé à gauche.

Collection Jules Carayon-Talpayrac.

> T. — H., 0^m,46. L., 0^m,38.

GIOTTO

(Attribué à)

23 — Le Calvaire.

Le Christ crucifié entre les deux larrons vient d'être frappé d'un coup de lance ; à ses pieds, la Vierge soutenue par les Saintes Femmes. Fond d'or.

> B. — H., 0^m,42. L., 0^m,32.

*

GOYEN (Van)

(École de)

24 — Vue prise aux bords de la Meuse.

B. — H., 0^m,30. L., 0^m,47.

HEEM (David de)

25 — Pêches et Raisin.

Collection Jules Carayon-Talpayrac.

B. — H., 0^m,29. L., 0^m,27.

HEEM (David de)

(Attribué à)

26 — Nature morte.

Collection Jules Carayon-Talpayrac.

T. — H., 0^m,71. L., 0^m,88.

HEMSKERCKE

(Attribué à)

27 — La Leçon du grand-père.

Collection Jules Carayon-Talpayrac.

B. — H., 0^m,22. L., 0^m,17.

HONTHORST (G. Van)

(Attribué à)

28 — Judith rentrant à Béthulie montre la tête d'Holopherne.

Collection Jules Carayon-Talpayrac.

T. — L., 0^m,76. H., 0^m,58.

HOREMANS

29 — Le Goûter. Intérieur hollandais.

Signé à gauche.
Collection Jules Carayon-Talpayrac.

T. — H., 0^m,42. L., 0^m,33.

30 — Jeune Fille dessinant.

Collection Jules Carayon-Talpayrac.

T. — H., 0^m,27. L., 0^m,22.

HOREMANS

(Attribué à)

31 — Le Joueur de vielle.

Collection Jules Carayon-Talpayrac.

T. — H., 0^m,42. L., 0^m,33.

32 — Le Contrat illicite.

Collection Jules Carayon-Talpayrac.

T. — H., 0^m,35. L., 0^m,32.

HOUBRAKEN

33 — Artémise au tombeau de Mausole.

Signé à droite.
Collection Jules Carayon-Talpayrac.

T. — H., 0^m,67. L., 0^m,81.

JANNECK (F.-C.)

34 — Le Menuet.

Signé à droite sur l'escabeau.
Collection Jules Carayon-Talpayrac.

C. — H., 0^m,41. L., 0^m 52.

JARDIN (Karel du)

35 — Paysage et Animaux.

Collection Jules Carayon-Talpayrac.

T. — H., 0ᵐ,73. L., 0ᵐ,62.

KESSEL (Van)

36 — La Danse des singes.

Monté sur un tonneau, un singe coiffé d'un grand chapeau à plumes joue de la musette ; les autres dansent en rond et paraissent fortement s'égayer. Sur la gauche, un des gais compagnons, assis, fume et s'apprête à boire.

Collection Jules Carayon-Talpayrac.

C. — H., 0ᵐ,26. L., 0ᵐ,35.

LE CLERC DES GOBELINS

(Attribué à)

37 — Le Cabaret.

Collection Jules Carayon-Talpayrac.

B. — H., 0ᵐ,36. L., 0ᵐ,50.

LEPOITTEVIN

38 — Le Déchargement du bateau.

Collection Jules Carayon-Talpayrac.

T. — H., 0^m,21. L., 0^m,27.

LONGHI (Pierre)

39 — La Comédie italienne.

Collection Jules Carayon-Talpayrac.

T. — H., 0^m,58. L., 0^m,49.

LOO (Carl Van)

40 — Son Portrait.

Il est représenté debout, vu à mi-corps, la main droite appuyée sur une balustrade, la main gauche sur la hanche, vêtu d'un costume jaune avec une chaîne et médaille autour du cou, et drapé dans un manteau rouge, orné de fourrure.

Au bas, à gauche, on lit : « Peint par Carle Van-Loo, l'année 1760, à l'âge de cinquante-six ans. »

T. — H., 0^m,73. L., 0^m,92.

LOVINFOSSE (De)

41 — Perroquet et Épagneul.

Collection Jules Carayon-Talpayrac.

B. — H., 0m,30. L., 0m,26.

MARNE (De)

42 — L'Heureuse Famille.

Dans un intérieur rustique, une jeune femme tient son nourrisson sur ses genoux, pendant que le père cherche à amuser l'enfant avec l'oiseau qu'il tient sur son doigt.

Collection Jules Carayon-Talpayrac.

B. — H., 0m,20. L., 0m,27.

MARNE (De)

(Attribué à)

43 — Le Champ de blé.

Collection Jules Carayon-Talpayrac.

T. — H., 0m,32. L., 0m,42.

MIEL (Jean)

44 — Paysans italiens.

Collection Jules Carayon-Talpayrac.

T. — H., 0m,38. L., 0m,34.

MOLENAER

45 — La Joyeuse Compagnie. Intérieur flamand.

Signé en haut à gauche sur le manteau de la cheminée.
Collection Jules Carayon-Talpayrac.

B. — H., 0m,36. L., 0m,28.

MONNOYER (Jean-Baptiste)

46 — Vase de Fleurs.

T. — H., 1m,28. L., 0m,76.

47 — Pendant du précédent.

T. — H., 1m,28. L., 0m,76.

OSTADE (Van)

(École de)

48 — La Danse.

Collection Jules Carayon-Talpayrac.

B. — H., 0^m,33. L., 0^m,25.

49 — Intérieur de cabaret.

Collection Jules Carayon-Talpayrac.

B. — H., 0^m,23. L., 0^m,18.

OUWATER

50 — Vue d'Amsterdam.

Signé à droite et daté 1781.
Collection Jules Carayon-Talpayrac.

T. — H., 0^m,45. L., 0^m,57.

51 — Pendant du précédent.

Signé à droite et daté 1781.
Collection Jules Carayon-Talpayrac.

T. — H., 0^m,45. L., 0^m,57.

PALAMEDÈS

(Attribué à)

52 — Dame et Cavalier.

Collection Jules Carayon-Talpayrac.

B. — H., 0^m,44. L., 0^m,32.

POUSSIN (Nicolas)

53 — La Mort de Germanicus.

Germanicus est étendu sur son lit, près de succomber;
près de lui, on voit son épouse désolée et ses trois
enfants, dont le plus jeune est dans les bras de sa
nourrice. Plusieurs soldats, ses amis fidèles, se tiennent
autour de lui; il leur montre de la main sa famille et
semble la placer sous leur sauvegarde.

T. — H., 1^m,35. L., 1^m,92.

ROKES (*dit* Zorg)

(Attribué à)

54 — Intérieur de cuisine.

Collection Jules Carayon-Talpayrac.

B. — H., 0^m,67. L., 0^m,95.

ROQUEPLAN

55 — La Marguerite effeuillée.

Signé à gauche et daté 1850.
Collection Jules Carayon-Talpayrac.

T. — H., 0^m,40. L., 0^m,33.

56 — Souvenir.

Forme ovale.
Signé à gauche.
Collection Jules Carayon-Talpayrac.

B. — H., 0^m,30. L., 0^m,24.

57 — Enfants jouant avec un chien.

Forme ovale.
Signé en bas.
Collection Jules Carayon-Talpayrac.

B. — H., 0^m,22. L., 0^m,24.

58 — Jeune Fille portant une corbeille de fruits.

Signé à gauche.
Collection Jules Carayon-Talpayrac.

B. — H., 0^m,22. L., 0^m,16.

RUBENS

(École de)

59 — Sainte Famille.

T. — H., 0^m,96. L., 0^m,76.

60 — Combat sur un pont.

Collection Jules Carayon-Talpayrac.

T. — H., 0^m,42. L., 0^m,67.

RUYSDAEL

(École de)

61 — Le Moulin.

Collection Jules Carayon-Talpayrac.

T. — H., 0^m,25. L., 0^m,35.

SEGHERS (Hercule)

62 — L'Embuscade.

B. — H., 0^m,45. L., 0^m,63.

STEEN (Jean)

(Attribué à)

63 — Le Joyeux Concert.

Collection Jules Carayon-Talpayrac.

T. — H., 0ᵐ,66. L., 0ᵐ,84.

TÉNIERS

64 — L'Entrée du village.

Au premier plan à gauche, près d'une cabane, des paysans causent entre eux ; un autre se dirige vers la droite. Plus loin on aperçoit la rivière bordée de maisons et de bouquets d'arbres. Ciel nuageux.

Charmante petite peinture en parfait état de conservation.

Ce petit tableau est ce qu'on appelait un déjeuner de Téniers.

Signé du monogramme à droite.

B. — H., 0ᵐ,22. L., 0ᵐ,17.

TÉNIERS

(École de)

65 — L'Alchimiste.

Collection Jules Carayon-Talpayrac.

T. — H., 0ᵐ,46. L., 0ᵐ,59.

TERBURG

(École de)

66 — La Toilette.

Collection Jules Carayon-Talpayrac.

T. — H., 0^m,36. L., 0^m,34.

TROY (François de)

(Attribué à)

67 — Portrait de Dame de qualité.

Vue à mi-corps, vêtue d'un corsage bleu broché or, elle retient de la main droite une draperie qui retombe sur ses épaules.

T. — H., 0^m,80. L., 0^m,64.

VALENTIN (Le)

68 — La Vocation de saint Mathieu.

Esquisse.

Collection Jules Carayon-Talpayrac.

T. — H., 0^m,33. L., 0^m,40.

VELDE (Van de)

?

69 — Le Passage du gué.

Une jeune paysanne en jupon rouge tient par la bride
un cheval de selle et passe le ruisseau à gué ; auprès
d'elle un grand chien porte une boîte attachée autour des
reins ; plus loin, des bateaux, moutons, vaches, etc. ; à
droite, un meunier assis sur un cheval portant un sac
sur lequel est la signature ; au premier plan, un taureau
magnifiquement peint semble s'éloigner du troupeau.

T. — H., 0^m,64. L., 0^m,81.

WATTEAU

(École de)

70 — Bal sous la feuillée.

Collection Jules Carayon-Talpayrac.

B. — H., 0^m,32. L., 0^m,40.

WILLEMS

71 — Intérieur.

Signé à gauche et daté 1847.

Collection Jules Carayon-Talpayrac.

B. — H., 0^m,41. L., 0^m,33.

WOUWERMANN (Philippe)

72 — La Chasse au cerf.

Au premier plan, le cerf, poursuivi par les chiens, traverse la rivière ; sur la droite, plusieurs cavaliers et une amazone suivent la chasse ; on aperçoit vers la gauche d'autres cavaliers qui viennent pour forcer la bête aux abois.

Très beau paysage accidenté ; ciel nuageux ; effet de soleil couchant.

Signé du monogramme à droite.

B. — H., 0m,40. L., 0m,33.

WYCK (Th.)

73 — Intérieur. Les Soins maternels.

Signé à gauche.

Collection Jules Carayon-Talpayrac.

B. — H., 0m,47. L., 0m,40.

ÉCOLE ESPAGNOLE

74 — L'Écot disputé.

Collection Jules Carayon-Talpayrac.

T. — H., 0m,75. L., 0m,58.

ÉCOLE FLAMANDE

75 — Hérodiade.

Collection Jules Carayon-Talpayrac.

C. — H., 0^m,48. L., 0^m,65.

ÉCOLE FRANÇAISE

76 — La Cascade.

Collection Jules Carayon-Talpayrac.

B. — H., 0^m,37. L., 0^m,48.

77 — La Nativité de la Vierge.

Collection Jules Carayon-Talpayrac.

T. — H., 0^m,65. L., 0^m,55.

ÉCOLE HOLLANDAISE

78 — La Partie de cartes.

T. — H., 0^m,95. L., 1^m,28.

79 — Intérieur hollandais.

Collection Jules Carayon-Talpayrac.

C. — H., 0^m,47. L., 0^m,40.

ÉCOLE HOLLANDAISE

80 — Portrait de Dame de qualité.

T. — H., 0^m,47. L., 0^m,39.

81 — Jeune Étudiant.

B. — H., 0^m,30. L., 0^m,28.

82 — La Peseuse d'or.

Collection Jules Carayon-Talpayrac.

B. — H., 0^m,28. L., 0^m,23.

83 — Le Coucher.

Collection Jules Carayon-Talpayrac.

B. — H., 0^m,29. L., 0^m,22.

84 — Le Goûter.

Un petit nègre, tenant un plateau à la main, sert la collation à une jeune femme. Dans le fond, un cavalier.

Collection Jules Carayon-Talpayrac.

B. — H., 0^m,29. L., 0^m,21.

ÉCOLE HOLLANDAISE

85 — Portrait de Dame de qualité.

Collection Jules Carayon-Talpayrac.

B. — H., 0^m,23. L., 0^m,17.

86 — Sous ce numéro seront vendus les tableaux non catalogués.

12377. — Librairies-Imprimeries réunies, rue Mignon, 2, Paris.